JN001250

ひかりの針がうたふ

黒瀬珂瀾

現代歌人シリーズ
31

書肆侃侃房

ひかりの針がうたふ ＊ 目次

生を知るのみ　8
干潟を歩む　13
ヘルパンギーナ　19
踏みがたきかも　24
秋のみぎはに　28
瓦礫を崩す　33
秋冷の領　38
いかなる筏　42
芥屋の海風　46
水を送る　49
吾児よ気づくな　59
葦原にあるか　64

かもめの朝に 69
風に揺らぐよ 72
爽昧の井戸 76
進撃の児は 80
富山の夏へ 83
能古島の影 88
午後の鋳像 91
桃色の卵 95
母知らず 99
網より払ふ 109
冬の点描 113
柘榴を見つむ 119

海峡に立つ　124
粉塵を呑む　127
九州を去る　130

博多湾の朝について　135

装幀　山階基

ひかりの針がうたふ

生を知るのみ

光漏る方へ這ひゆくひとつぶの命を見つむ闇の端より

余したる離乳食わが白米にかけて済ませる朝餉のあはれ

児の爪に掻かれし肩を膿ませつつ朝のまばゆき舳先に立てり

行き交ふはくらげばかりの春の潮にぶくかがやく水色見本《フォーレル・ウーレ》

今日は今日また明日も今日わが船は巨《おほ》きフェリーの水脈に揺られつ

しばらくを付ききてふいに逸れてゆくカモメをわれの未来と思ふ

われはわが生を知るのみ白光の奥へ奥へと下りゆく水深計《レッド》

岸遠くアジサシあまた舞ひをりぬ朝の眠りに児はつくころか

採水器《バンドーン》わが手力に引き揚げつこの玄海をいつ児に見せむ

陸生のかなしみ満つる足もとに幽霊蛸の打ち上げられて

朝に訪ひまた保育所を夕に訪ふわれら親こそ月を欲る愚者《ムーンレイカー》

ゆふぐれの米炊《かし》がむと屈むとき背中に小さき歯を立つる児は
父われの胸乳《むなぢ》をひたに捻りゐる娘よ黄砂ふる夜が来る

干潟を歩む

卓の上《へ》に垂れしよだれを掴まむと寝覚めの五指は左右《さう》にすべりぬ

わが生も半ばとなるに新しき唇をこぼるる粥を掬ひぬ

一時間かけて食みたる朝の粥けふのおまへの虹の根となれ

湧水調査

水の網ほつれゆくがに朽網川《くさみがは》ながれ入りたり干潟はつなつ

風絶えし朝のひかりは漿膜として広ごれり曽根の干潟に

「いぼる」は博多弁。泥にはまる、の意。

爪先に力を込めていぼりたる踵剝がせば泥は香りぬ

一歩一歩干潟を重く歩めるに鯊《はぜ》は逃げゆく吾の影より

「おゝい、いぼつた」と叫ぶ上司を引き抜きて泥の塩気は口に届きつ

手に取れば甲蟹《かぶとがに》は身を反らしたり海に立つとき吾もをさなし

澪《みを》はわが岐路のごとくに光れるを泥をついばむ黒面篦鷺《くろつらへらさぎ》

海彼より夏は来るらむ豊州の海を四トン漁船は奔る

錨《アンカー》を打たむと立てば潮風にひやけのもろ肌のみづぶくれ

見るべきほどのことはまだ見ぬ甲板に義妹《いもと》破水の報届きたり

まぼろしの蟬聞こえ来て水鏡をなしたる海を歩みゆくべし

ウェットスーツ冷えゆく蒼き周防灘浮標《ブイ》に浮きつつ見渡せば空

海のいづこも世界の喉と思ふとき雲量8は7へと移る

ヘルパンギーナ

初めての発熱を海遠く聞く夕東風に耳冷えゆける間を

見え難き世界の鋝をさぐるごと妻はテープの切れ口さがす

児はカップ重ねし塔を打ち倒しバベルの折もかくのごとけむ

家族といふ命いつまで水無月の田を鷺は飛ぶ首をすくめて

五平餅のやうなうんこを大切に包めるおむつ湯からあがれば

朝四時は父の胸へとのしかかり暫し吸ひつきしかるのち哭く

嗚呼ホラー映画の如しどててててと這ひ来て眠きわが鼻かじる

家電屋に音あふれゐて吾児は手を打ちやまざるをそのうち眠る

平積みの男の娘《こ》本はdie-in《ダイ・イン》のごとしも夏の雨抜け来れば

津々浦々の神、精霊を愚弄してラノベは茂るかづらのごとく

曇天と近江のさかひあはあはと大暑の死者に会ふのみの旅

児の喉に白き星降り舞姫のごとき名乗りのヘルパンギーナ

夏草の奥処に座せば百年のささやき聞こゆナツアカネ舞ふ

踏みがたきかも

かげろふに紫陽花涸《から》びゆくまひる西光被斬《きられ》重衡被斬《きられ》

『どうぶつのおやこ』の親はなべて母　乳欲る吾児を宥めあぐねて

晩夏炎天　刈田の隅に里芋の葉はひしめきて敗者のごとし

秋月の山路を踏めば折れゆける太きすすきの喪心の音

田の畦をうづめて紅き道のごと曼珠沙華咲くわれは往かぬを

ライフジャケットの朱に朝の身を灯しをり鉛色なる海の九月に

朝日より吾へと海をひた走るひかりの道は踏みがたきかも

稚魚あまた集めし瓶にホルマリン注げば海原もベツレヘム

おほかぜの過ぎたる朝の二番穂に恋のごとくに火を放つひと

蒸かし芋ほほばるたびに壁沿ひをひと巡りして彗星の吾児

秋のみぎはに

圏外にゐるが嬉しく沢の水汲みては秋の透視度を見る

流芥を水路に採れば稲穂波越え来し風に太鼓混じれり

眠りゐる妻と児を部屋に鎖《とざ》したる味爽の鍵にぶく光るも

ヤコブの梯子《ジェイコブズ・ラダー》は朝のタンカーを包めるにわが船は過ぎゆく

波を蹴る二、三歩ありて海猫は発ちたり人の歩めぬ波を

妻の辺に吾児はまだ寝てゐるだらう木の桟橋はかすかに揺れて

昇る陽に影は伸びつつ小さき刃に老いし漁師は梨剝きくれぬ

一摑み土砂降ろすたびをさなごの笑ひにゆらぐ運搬船よ

雨に頬打たせて立てる舳先かな生きねばならぬ児の親なれば

みなそこの溶存酸素《ディー・オー》をわが測るとき陽を受け終えて沈む銀鱗

滅びたる都城の影を波に引きクレーン船いま護岸を離《さか》る

貨物船「にらいかない」は遠ざかりほほゑむばかり夕べの波は

言葉を五つ児が覚えたるさみしさを沖の真闇へと流して帰る

かなしみは水のかたちか潮満つる秋のみぎはに吾児を立たせて

瓦礫を崩す

麦茶吞みくだしてかあ、と息をつく乳児よ人となれ少しづつ

智慧の実を日々齧りゆく一歳はおむつパックを抱へくるなり

関門へ流るる海に十月のひかりの針がうたふ霊歌よ

日明は海峡の地。ごみ焼却工場がある。

日明《ひあがり》の潮風涼しみちのくの瓦礫は眠る燃やさるるまで

北九州市は石巻の瓦礫二万三千トンを受け入れた。

セシウムをほのかに化粧《けは》ひ南へと遠流され来し瓦礫のあはれ

抗議者のはや来ずなりぬ静かなり〈家〉の破片はうづたかくして

防塵マスクのずれ糺《ただ》しつつ礼《ゐや》なせり線量計を掲ぐる人に

線量を見むと瓦礫を崩すとき泥に染まりしキティ落ち来ぬ

瓦礫とともに国は何を燃やすのだらう海のはたてに見えぬみちのく

Brian Haw（1949～2011）

ビッグ・ベンの前に十年座りゐし男おもふこのあきらめの国に

瓦礫より戻りて湯浴みお迎への前にも湯浴み何が落ちたる

灯りとは人智、灯りへよろよろと歩める吾児の後を追ひゆく

漂流の浮標《ブイ》にたたずむ青鷺のさみしくないか児を世になすは

秋冷の領

浮標《ブイ》の綱もやひに結ぶ霜月の海に冷やせる楽欲《げうよく》はあり

秋冷のまぶしき領に船を出すわが生に妻の言葉あふれて

生なべて死の前戯かも川底のへどろ剝がれて浮かびくる午後

臑を児に抱かせて牛蒡しごきをり油断をすればをさな児は死ぬ

あひるあひる四方《よも》にうかべて大時化をおこす一歳児の海坊主

梨、葡萄、蜜柑もなべて「もも！」なれば吾児よ耀《かがよ》へ蒼き夜長を

カトレアのゆるぶがごとく灯りくる朝の批判は削りつつ書く

冬晴れの芥屋《けや》の大門《おほと》はしら波の逆巻くほどに澄みゆく海か

鰯の血は経木ににじみ海峡に滅びし平家なる家族あり

八木山の端《は》を這ひきたる雨脚のくろぐろと湧くわがこころかも

冬ざれの甘木の森に樹は倒れわが魂《たま》を刈る音かと思ふ

いかなる筏

塵芥《ごみ》山を掘るは心を掘るに似て分解熱にぬるき湧水

法面にコードリールを巻く手にも男五十の苦みはありぬ

脱がせたるおむつ振り振りおまへさへ宿すのだらう白きみぞれを

鼻よりも腹たかだかと湯上りの児は駆けゆけり父より母へ

にひ年の靄をまとへる能古島よあまた滅びて吾《あ》と吾妹《わぎも》あり

川干《ひ》りて泥に小舟の傾《かし》げるを吾の睦月の近景とせり

わが頬とおまへの鼻にはなみづの橋は吊られて御馬《おんま》がわたる

熱の児が眠りゆきつつしがみつくわれはいかなる渡海の筏

うすらひは朝の轍《わだち》に光りをり往くべし死者の言葉のもとへ

芥屋の海風

妻の布団掛け直し家を出でにけり夜明けの波に船放たむと

芥《け》屋《や》の海は風強くしてきさらぎのひかりまみれを松は歌ふよ

攫はれて半年ぶりに漂着せる浮標《ブイ》のフジツボひたすらに削ぐ

朝倉市字日向石首渕《ひうがいしつぶらぶち》このはづかしめ如何に晴らさむ

多々良川に早春の胸濡らしをり白魚の卵塊閲《けみ》さむとして

児は蹴られ尻餅つきぬ蹴りたるもをさな児なればしづかにわらふ

目覚むれば枕元なる満面の笑みが眼鏡をへし折りにけり

昨夜《きぞ》は妻を歎かせしかな船繰ればドームシティに春光は降る

水を送る

みちのくの気に身は冷えて倒れたる墓石のうへに白き月あり

相馬市松川浦

柱のみ残る一階が支へゐる二階を見上げをり夕つ方

看板は「仮設住宅こちら」とあり相馬に雨は降りやまぬゆゑ

野良駝鳥に注意せよとぞ通達を残して去れり市役所のひと

飯舘村長泥　帰還困難地域

美しき谷なれあまたそそがれし物質の名を怒りにかへて

もう家には来たくない、と言ふ人の脇に屈みて井戸探しをり

けふ何度自警団とすれ違ひたるか線量計をはづしつつ思ふ

除染作業はまず草を刈り、ひたすら地表の土を削る。

黒き袋積み上げられてもう土に戻れぬ土がひた眠りをり

双葉村　警戒区域

［東電は地域とともに］人あらぬ村の電柱どれもにこやか

防護服《タイベック》まとひて歩む汚染土の線量をふと告げ難きかな

すみやかに離脱せよ、とぞ連呼するカーナビよひび割れし橋を渡るよ

「原子力　未来の明るき　エネルギー」

今は未来、かもしれぬからことごとく塀の倒れし大通りゆく

田村市の検問には山梨県警が。

熊川に紅葉拾へどこのひと葉わが持ち帰ることのあたはず

除染の水はすべて回収せよ、といふ。

水洗ひされたる家にしたたれる水に言葉は湿りゆくのみ

風ふかばすぐセシウムは舞ふものを除染の水に濡るる足裏《あうら》は

長靴を洗ひし水を持ち帰れ、　とぞ言ふ如何に為すかは言はず

冬田を削る男らの影とほく見てわが被曝けふ10μSv《マイクロシーベルト》

どの宿も男ら満ちてもの産まぬ雇用の水は広ごるらむか

七次受け、と聞きたり。そのうち六層は命呑みゆく精霊ならむ

南相馬市原町区

原町の田ごとに瓦礫積まれをり潮浴びたれば他に役目なし

葛尾村　計画的避難地域

声あらぬ小学校に雪降れり降れ、ふるものを白く覆ふなら

福島第一原子力発電所

ねえあれが１Ｆ？　さうだ朝の陽に翳れるを見よわたくしの目よ

行き交へるバスどのバスも服青き男ひしめき１Ｆへゆく

post card

恐れ入りますが、切手をお貼りください

810-0041

福岡市中央区大名2-8-18
天神パークビル501

書肆侃侃房 行

フリガナ
お名前　　　　　男・女　年齢　　　歳

ご住所　〒

TEL（　　　）　　　　ご職業

e-mail：

※新刊・イベント情報などお届けすることがあります。　不要な場合は、チェックをお願いします→□
著者や翻訳者に連絡先をお伝えすることがあります。　不可の場合は、チェックをお願いします→□

□注文申込書　このはがきでご注文いただいた方は、**送料をサービス**させていただきます。
※本の代金のお支払いは、本の到着後１週間以内にお願いします。

本のタイトル	冊
本のタイトル	冊
本のタイトル	冊

愛読者カード

□本書のタイトル

□購入された書店

□本書をお知りになったきっかけ

□ご感想や著者へのメッセージなどご自由にお書きください

※お客様の声をHPや広告などに匿名で掲載させていただくことがありますので、ご了承ください。

◀こちらから感想を送ることが可能です。

書肆侃侃房　http://www.kankanbou.com　info@kankanbou.com

富岡町夜の森　警戒区域

夜の森の桜は咲かむだれひとり容れぬまま咲けみちのくのため

浪江町　警戒区域

信号なべて黄の明滅をやめられずわれをしずかに見つめてをりぬ

牛糞を避けて車道を進みをり牛の屍はどの空を見てゐる

１Ｆを国は遺跡とせぬだらう霜に包まれからすうり照る

全身線量測定

先客の名を隠しつつ鉛筆を吾に渡せりスクリーニング受付

吾児よ気づくな

カーテンを開けばむくり児は起きてまづは隣の乳を登りぬ

確かに「おさるさん」だが。

斉天大聖木彫高さ2メートル、「あいあい」の一言にて済ます

沈む陽へ翔ちゆく鷺よ多田羅橋越えて奔らむ吾は吾児まで

やよひはやくも花ちりそむを助言など無視せよといふ助言たまはる

抗生剤はみかんのかをり水に溶く父の足下《そつか》に児は正座《おちん》せり

生のなべてを振り捨ててもと泣き叫びなめこを欣求《ごんぐ》する吾児である

お雑煮にお餅とろとろ浴槽の縁に垂れゐる吾児の頬はも

俺にぶら下がるもの指して「うんこでた」。さうだ、捨てたき時もある、これ

人形《ぽぽちゃん》のねんねが先と紙おむつ敷きて団扇《うちは》のおふとんかけて

猿公《あいあい》と白象《ぱおー》、獅子《がおー》を引き連れて児は眠りゆく森の奥まで

蒸し焼きの豆腐を「おにく」と頬張れる吾児よ気づくな父の歌業に

ゴミ袋提げつつ仰ぐ桜樹の、〈家〉を得て知るさみしさもある

寝かしつけつつ寝入りたる翌朝を叩き起こさる絵本の角に

後進国の春を楽しむ　桜餅の餡を幼女に舐《ねぶ》らせなどして

葦原にあるか

ずつとずつと裸族でゐたい一歳児追ひかけて父は朝食逃す

よその子に手を振られ去る保育所に吾児は必死に塔を築けり

ヘルメット新調するが嬉しくてふとぶとと書くＢ型＋《プラス》

なのはなをみぎにひだりにふりまきて筑紫を渡る筑紫次郎は

硫化臭指に沁みこみ昼は過ぐ迷ふなよ俺は歌に生くるを

山並みに添ひ寝する雲ながめつつ筑後川越ゆ春雨ふれば

夕照に影なすをとこ竿をもて押し退けにけり筑後の岸を

朝の庭にしあはせの鳥十羽来て七羽去りたるごとき夕餉ぞ

その母に二日会はざる吾児は湯に揺るる男根をおつぱいと呼ぶ

白湯飲みて「おちやおいしー」と児は言へり育つらむ児は騙されながら

ママあつた、と帰宅の妻に児は笑ふ在るか吾らは〈家〉の葦原《あはら》に

銀の月を濡らして薫る金の月おれを還してくれ汝《な》が胎へ

ケーキ喰はずに景気悪い、と呟きし宮地伸一翁を思へり

かもめの朝に

春の田に蓮華満ちたり汝《なれ》すでにわが陽光に遠のく廃墟

死をかつて優しき岸と謳ひたるわれらが注ぎあふチリワイン

産めやしない、産めはしないがアメジスト輝け五月なる疾風に

かもめ散る朝、歩みきて青年は誦せり無花果枯らす条《くだり》を

便箋を破りあひつつ校舎から遠くまで来た僕らを嘉《よみ》せ

もう口づけを見られてもいい　没薬の薫れる薔薇を裁ちし夕べは

愛を問へど薄き夜かな山桃のジャム匙をもてねぶる貴様は

風に揺らぐよ

全体重そそぎて父の腹に飛び児の一日は始まるらしも

世間虚仮、虚仮とぞひびく繋留の綱の貽貝《いがい》を靴に刮《こそ》げば

はつなつの風に飛びたつ浜鴫の群あはれなり命の飛ぶは

児は歌ふ「ちいさいひごひはおとうさん」いかにも父は風に揺らぐよ

正反対の性格ゆゑに女男《めをと》なるわれらアンチョビピザ切り分けて

みづくらげただよふ博多湾の朝流されてゆく世間の方へ

「能登殿、いたう罪な作り給ひそ。さりとて、よき敵か」

罪作りなる能登殿も沈ませて海よ〈親〉たる罪はいかほど

細き指を蛇口に挿せば冷たくてはしやぎをり父は湯に眠たきを

妻に児を託してひとり戻りたる湯にひとすぢは浮かびて藻付《もづく》

爽昧の井戸

陸すでに白く霞みて燕忌の響《ひびき》の沖の波を裂きゆく

はつなつの湾にごれるを渡るとき天啓ならず額を打つ雨

「おつきなみづ」とわらひだす児を抱きあげて汀を歩むやや育つまで

無糖ブラック胃に広げつつ風強き明けの船出を諦めにけり

国を憂ふ流儀にて児は愛さぬを松葉菊咲きすぎてて笑ふ

踏み込めば藪より雉の飛び立つにもはや消えゆく虹の根元は

ほうたるよ死んで生まれて妻も吾も夜を灯れる紫陽花の藍

けふ吾児は二歳となるを爽昧の久留米に夏の井戸洗ひをり

人様に糞便見せて褒めらるる稀少の時をまろまろとゐよ

やねのむかういつちやつたね、　と手を振る児よ父に飛行機《ぶーん》はまだ見えてゐて

進撃の児は

左小指、人差し指を右手もて折りたたみ児は二歳となりぬ

炎天に蜻蛉湧かせて室見川わが流氓の靴をいざなふ

夏の夜に抱きしめよとぞ迫られつ一親等の二歳なれども

「塔」くづし「未来」踏み越え進撃の児はゲラに朱を入るる父まで

雲あらぬ夏に灼かれて見てをれば甲板に蝦は跳ね終へにけり

阿難、迦葉その他十名愛をもてかそかに曲げつ釈迦の教へを

豆球を切れば「まつくらできたよ」と児は妻の乳握り止まざり

富山の夏へ

朝にしてすでに炎熱、獣慾のごとくに汗は甲板に垂る

湾かくも澄みかがやくをＲＩ測定しをり八月六日

パブロンは凄い、と実感する朝の玄界灘に潮目を越えつ

サーベイヤー構へてをれば「放射能ですか」と問へり水着の人は

室見川海にひろぎて夕照を徒歩《かち》にてわたる男の影よ

雷雨わが芯を浸せりゆふやみの家に児が待つことおそろしき

おつぱいがかたい、と泣きて寝入りたり父の臀部を揉みしだきつつ

水張田に空沈みをり福岡の夏出でて富山の夏へと入りぬ

百日紅の花殻からび散りぼふを村のはづれの門徒へ急ぐ

正信偈唱へてをれば汗は背をつたふに燭の火の揺るがざる

眠たげに夏の光を歩く児を追ひつつ松葉を掃き清めゆく

ひつじぐさ未《ひつじ》の刻を開きたり読む気など無いあいつの本は

剱《つるぎ》いま晩夏にかすみゆく午後のおまへは雨を知つて死ぬ蟬

ノンアルコールビールで補給する水分　境内はいま音無き封土

能古島の影

詩が僕を訪ねないので浜を這ふ蔓菜に死者の記憶を語る

波去りて八月尽の能古の影にしづみ来たりぬ秋のひかりは

予鈴はわが船まで聞こえ晩夏へと浜を駆けゆく女子高生見ゆ

ひまはりに幾度いくどもこんにちはする二歳児に夏逝かむとす

タラモア・デューのごとき夕陽を注がれて鳶は田の面をいま滑りゆく

ひとときを近江へ寄りてまたはなれ車輛は運ぶわが悔恨を

ほほづゑをかたむけて夜の永井祐ひたひのへりにふとぶとと眉

午後の鋳像

美《は》しき馬のなべてをひとは乗りつぶし大楠《おほぐす》枯るる裾野まで来た

真夏日の青田に群るる蜻蛉の幾百の緋よわが来し方よ

蓮ひらく白雪羹《はくせんかう》は盆過ぎの玩具《おもちや》の箱にひつそりねむる

をさなごの放置死ののちはＣＭに蒙古斑なきさらさらおしり

あついだつたあついだつたと繰り返し児は白昼の鋳像となる

乳母ならぬ身も乳母車押しながら時に覗きつ息はあるかと

初秋の露光らせて昇る陽よわが越ゆるべき猪野川いづこ

起重機車《ユニーク》のフロント照りて長月の花火さみしき浜辺に来たり

わが一生《ひとよ》かく穿《うが》ちたしボーリングひびく山肌降りゆくとき

けふひとひまた死なしめず寝かしつけ成人までは六千五百夜

「君は政治的すぎるんだ」と怒られてでも美味いんだ秋の葡萄酒

桃色の卵

稲刈月なれども晩夏いつしんに浅蜊すなどる背中の遠し

君に何が伝はるだらうひつぢ田に火の広ごるを見尽くす夕は

死は生のゆゑに生るるを桃色の田螺の卵の涸らびたる秋

あるかうする、と言ひ張りてわが手を払ふ児は纏ひたり小さき風を

みなそこに至る家族よ　しらさぎは瑞梅寺川を音なく発ちぬ

水の上を歩みしひとは遙かにて死せる海鵜を啄ばむかもめ

行きくれて木の下陰を宿とせば花や今宵の主ならまし　忠度

ひと粒の葡萄奪られて大泣きの児を客とする花などあるな

あかあかとカンナ爛れて奴もまたＦＸに敗れたといふ

「おめめ瞑《つむ》ったら何見える？」「はんばあぐ」こんなにしづか虫たちのこゑ

土岐友浩と大森静佳へ

十月の朝の風なれ　どこまでもブルーベリーをつつむてのひら

母知らず

吾児がわが母にほのかに似てくるを九月の朝のさざなみとなす

死語あまりにも多くしてもう二度と歩かぬ街の小雨を歩く

ビールかくまづき昼過ぎ保育所の児もわが母も熟睡《うまい》にあらむ

母といふ古酒を飲みつつひかりちる秋を三六度《たび》も見き

戻りたき母あらざればわが生に遠流《おんる》のごときやすらぎはあり

秋の陽は求菩提《くぼて》の峰を光らせて母になれねば父となるなり

稲藁の鋤き込まれたる黒き田に舞ふ蜻蛉の緋を母知らず

西鉄は夜へと吾を運びゆく履歴書を書く男とともに

いづれ死ぬ母と思ふにけふは孫の上着に名札縫ひつけてゐる

長き会議に倦みたる妻は帰り来て桃色の保育所日誌をひらく

椿象《かめむし》がたべたい、と泣く二歳児よ網戸に暗き空透きたるを

母おそろし繕《つくろ》ひものを続けゐるうすくらがりの老眼の母

妻は児をざばざば洗ひ湯船なる吾はも膝を引き寄せにけり

児も吾も母の力に生かされて湯上りの茶をぐんぐんと飲む

乳はもう飲まぬ児なれど乳房《ぶっぱい》にしがみつきたり父を離れて

乳房を摑みて吾児の眠りをり既にしぼみきわが摑みしは

「おかはり！」と大音声の寝言なす児を闇ぬちに見おろしてをり

児と二人の母と吾とを飲み込みてしらじらとあり海沿ひの家

あけてはやくあけてとピオーネ一粒を児に手渡され始まる今日よ

玄界島が PM2.5 にかすむ　母国はありて父国はあらぬ

ジョン・ミリントン・シング『海に騎りゆく者たち』

母怖し母になりたしその家族海に呑まるるを見つめゐる母

川底の泥に踏みこめば硫化臭立ちのぼる汗まみれの父に

飛鯊《とびはぜ》は夕陽へ逃げて朽網川《くさみがは》しづかなりわれは母になれぬを

雌雄なき貝なれど吾は人なれば干潟にひろふ薄小耳貝《うすこみみがひ》

妻と児を待つ交差点　孕みえぬ男たること申し訳なし

妻の生の枷なる吾を悔みをり胎に眠りし日は遠くして

死者遠き秋　しろいかぜみえるね、と児が呟けば葦絮《あしわた》は散る

妻も母もわがなしえざる生なして阿蘇の高菜を食みをり今宵

網より払ふ

柳川の朝の農道に振り上げて弁慶蟹の爪あかきかな

「体長に尾鰭は含めないから」と呟きぬ護岸歩めるひとは

刺網の仕掛けを終へて振り返るクリーク秋のひかり降り初む

児を遠く置きたる朝は魚《うを》あまた捕へて魚の生を閲せり

虹いまし消えゆく下に鰓ぶたをのぞき見ながら鮒を仕分けつ

定規《スケール》を当てて鯰は戻したり産土とほく生きゐる吾が

東京は野分と聞けど柳川の網より払ふ鮒の鱗を

草影に銀色の腹さらしつつ持子《もつご》浮くわが仕事のゆゑに

土吹《つちふき》を魚籠《びく》より掬ひこの口が昨夜に吹きたる底泥を踏む

ブルーギルは土手に捨てたり帰りなむ海彼生まれの児が待つ部屋に

冬の点描

鼻ひろげ湯気を吸ふとき霜月の霧に隠るる由布岳は見ゆ

身のほぐれゆくくらがりに替へ玉、と声をあげたり大森静佳

酒飲みて帰れば加葉は起き出してかよちゃんをひとりにしないで、と言ふ

神話とは河のたてがみ晩秋のみぞれとともに遠賀《をんが》を越えつ

ばしやばしやと湯に跳ねゐしがふと黙りごろり海鼠のうんこが沈む

点描を広ぐるごとく語を増やす児は仕舞ひ込む聖菓のチラシ

水門へ土手を歩めば牛糞のかをれる朝は吾をつつみぬ

冬霧や若き官僚の船端に嘔吐しゐるをただ目守《まも》るのみ

沖はなほとほき耳鳴り　人棲まぬ炭鉱島、石油備蓄島あり

うみそらの澄みゆく朝に切る舵の肌寒を妻と分かちたきかな

かもめすでに去りたり揺るる桟橋に赤き発電機をわれは降ろせよ

首痛きまで見上ぐれば貯蔵船は冬の夕べを翳り初めたり

センサーを孔へ降ろすにうつすらと石油を嗅ぎぬ国家の夢を

保育所の扉ひらけば埠頭へと舟寄るごとくわが脚に着く

風呂場なるアヒルに湧きし黒黴を「にがい」と言へり食ふたなさては

掛けやりし毛布青きを蹴とばさずなりぬ二歳児にも冬の来つ

柘榴を見つむ

給金をその場ですべて罰金に召さるるごときおほつごもりぞ

ぢりぢりと舳先寄すれば岸壁の溝ゆ無数の舟虫は湧く

周防灘に浴びし潮《うしほ》を流しつつ見れば娘にまだ黒子《ほくろ》無し

もはやわが生み得ぬ歓喜ここにあり出汁巻き卵に児は歌ひ出す

ヨーグルトむいてとせがみ開けたればみかんあけてとまたせがみをり

総理大臣賞の茶碗を指さしてきたないかき！とにこにこ叫《おら》ぶ

ロセッティ画集開けば膝にきて「まづさうだね」と柘榴を見つむ

いーかげんにしなさい！と児はきつちりと畳まれくれぬタオルに怒鳴る

パパゴリラごりらをどりを披露せりママゴリラまだ恥じらひのある

呵々大笑の児はジェット機のバルーンを振り降ろす海帰りの父に

わが妻に抱かれて死にし小犬の脳《なづき》を思ふ胡桃がほどの

これうみにうごくと？と指さす川に青鷺はいま魚を呑みぬ

かよちゃんはすつころばつた！と触れ回る額に保冷剤を貼りつつ

海峡に立つ

泣きわめく児を引き摺りてさんぐわつは安徳陵にそそげるひかり

岡嶋憲治（1953～2014）

春のふぐ身は透きながら盛られたり久しく会はぬ人の訃添へて

わがのみど河豚は落ちゆく昇らんとする死者の名を絡めとりつつ

早鞆《はやとも》の瀬戸に朝霧晴れゆけば昨夜の訃ひとつ潮に光るも

生くるすなはち訃を忘れゆく潮速き海峡を児はまぶしみて立つ

「波の下にも都の候ふぞ」

幼帝を抱きし祖母を海は抱きわれら家族を何が抱くや

あまおうにはなびらひとつ残りをり奪ひてわれら生を繋ぐを

ふぐ刺しに動悸せしとぞ詠みまたひ師はまなうらに死を見つめゐき

粉塵を呑む

鉛水に透明度《セッキー》板を沈めゆく高千穂の春よ言葉はあらず

頭よりヤマメ喰ふとき大陸の塵も胃壁に融けつつあらむ

人去りし村にて仰ぐ上空のどこまでダムに抱かるるだらう

土壌採取地の公園の便所へと駆け込みここもいづれみなそこ

高千穂町大字岩戸、粉塵も精神も目に見えぬまま降る

わが明日も四皇子峰もかすみたり国見の丘の風に立つとき

高千穂に降灰煤塵量を見て俺はもうじき九州を去る

九州を去る

てんたうむしさんおきてーと薄明の小さなる死へ児は呼びかけつ

海沿ひに二年を生きて去るわれへ朝の汽笛は低く響けり

ほころびて桜の白き筥崎はまだ寒し児を迎へにいそぐ

朝に指し夕べにも指し児ははしやぐ陸橋なかほどの柿の種子

香椎潟にゆふやみ降れば魚《うを》たちの飛び跳ねやまず名は分かねども

ぱぱわらへるーと児は笑ひつつ引越の荷物の谿を駆けてゆくなり

メール便うちいくつかは春潮に消えゆくことのわが水脈《みを》もまた

阿蘇の陽に首照らされて妻は立つ旅嚢を分かつひとのゐること

火の国に桜散りそめ明日はいまだ固きに会はむ加賀の桜に

※

児は遠き弥生の野火を見つめをり外輪山を背にして抱けば

博多湾の朝について

まだあたりは、夜の底だ。

香椎から北上して、和白の市街を抜けると雁の巣。そこから、海の中道——外海と内海を区切る陸繋砂洲が西へ伸びる。右手の玄界灘は荒々しく波が打ち寄せ、左手の博多湾は静まり返り、今まさに生まれんとする朝日を穏やかに受け止める。細い砂の線いっぽんの上をまっすぐ走りながら、夕べ寝付かせた幼い娘の顔を思い出すうちに、車は志賀島の漁港に着く。

海の中道の先端に、花梨の実のようにふくらむ、小さな志賀島。島には南東側の志賀島漁港と、西側の弘漁港という、二つの漁港がある。僕らが毎月船を出すのは志賀島漁港だ。

おう、おはようさん。岸壁で車から機材を下していると、係留された漁船から明るい声が届く。船長はもう七十歳だが、毎日真夜中から漁に出ている。

「今日はあんまし獲れんかった。そん代わり、これ見てみい」

船底に設えられた生け簀には、立派なクルマエビが何匹も泳いでいた。

「帰ったらこれ天ぷらにして一杯やるばい」

と、日に焼けた顔をくしゃくしゃにほころばせる。船長はすでに今日の獲物を水揚げして帰港したところ。月一回、漁の後に、僕らを乗せて改めて船を出してもらう。

そんなら行くかい、そう声をあげると船長は舵を握る。この小さな二トン漁船、大黒丸に機材を積み終えた僕らは、舳先を見つめつつ甲板に座り込む。ウミネコたちがみゃあみゃあと騒ぎ、ざあっと飛び立ってゆく。よく見れば何羽かユリカモメが混じっている。まだ夏の終りかけなのに、せっかちな連中が冬を待たず飛来してきたのかもしれない。波除堤の上では初老の男たちが釣竿を振っている。本当は漁港内での釣りは禁止だ。

波除堤の切れ目からそっと這い出るように大黒丸は博多湾へ出る。そのとたんに船がゆうらりと前後に揺れだす。一見、凪に思えても、実際の海面はそれなりに揺れているものだ。波高は０・１～０・２弱、つまり十～二十センチ程度といったところか。波は上がったら同じだけ下がりもするわけで、体全体がゆったり二十～四十センチ弱上下することになる。慣れていない人ならば十五分もすれば船酔いするだろう。ちなみに、波高1を超える、つまり、一メートル以上の波が立つ場合、基本的に海上作業は中止するように指導されている。

　志賀島から少し南下した、博多湾の中心あたりが最初のポイントとなる。さて、僕らは一体何のために朝一番で船出しているのか——一言で言うと、貧酸素水塊の監視だ。貧酸素水塊とは、酸素がほぼ含まれない水の塊のこと。例えば、海底に深い窪みがあったりすると、上方と下方とで水が混ざりにくくなり、水中に層が生じる。底層では生物の死骸が分解されるなどして酸素が消尽され、生物が全滅してしまう。何かの拍子で貧酸素水が巨大な塊となり、海中をふよふよと動き出したりすると、軌道上の水生生物が大量死する。まさに「死の水域」なわけで、漁業関係者にとっては死活問題。その発生をいち早く察知し、海水を攪拌させるためのブロックを設置するなどの努力が港湾管理行政には求められる——そんな環境調査の一環として、僕らは明け方の博多湾に船を出す。

　ポイントに着くとまずは水深計《レッド》を沈めて深さを測る。水深計と言っても目盛りを打ったロープの先に鉄の錘を下げた単純なものだ。手を離せばするするとロープが海に呑みこまれる。潮の流れも弱いからまっすぐ降りてくれて測りやすい。博多湾は一番深いところで水深二十五メートルほど。大体は十メートルに満たない。

次に透明度盤を沈め、海水の透明度を計る。白くて丸い板を沈めて、肉眼でどのあたりまで見えるかを計る。白い影が見えなくなった瞬間の深さが、その海域の透明度。船長によると「昔は底が見えとった」らしいが、今では八メートルあればいいほうで、普通で三〜四メートル、植物性プランクトンが大量発生する夏だと二メートルないこともある。

はるか遠くに百道浜のビル群が聳える。いまだ街は霞の奥で眠っていて、都市高速を走る早起きの車がたまに見えるだけだ。きっと、我が家では妻も娘もまだ眠っているだろう。

そのあとは波高測定、水色測定（赤潮が出ていないかの確認）、状況記録などが続き、溶存酸素量測定となる。サーベイヤーをゆっくり沈めてゆき、水深何メートルまでは酸素量豊富、これ以下は貧酸素の傾向あり、などとそのポイントの水質を鉛直状に記録する。

サーベイヤーを引き揚げながら、貧酸素ずいぶん解消されたなあ、と呟く。晩夏に入り、日照量が減るとプランクトンも減少し、海水もだんだん澄んでくる。水質は陽光の影響を大きく受けるわけで、これが早朝に船出する理由。とはいえ全十個所のポイントを半分も廻れば、太陽は少々高くなる。雲の隙間から幾本もの光の筋が斜めに差してくる。己の精神が光のとらわれとなったかのような錯覚が訪れる。

最西ポイントは今津の北あたり。そこから博多湾の真ん中に浮かぶ能古島の南まで一気に加速して戻る。この間、船長はいつも果物をふるまってくれる。博多の海の男は、僕が会った限り誰もが義理堅く、気前がいい。

能古島の緑が朝日にまぶしい。海の上なのに蟬の声が足元から喓々と湧きくるかのように感じる。島影に入ると、ふっと視界が暗くなる。ファイト、ファイト、と小さな声が潮風に乗ってかすかに聞こえてくる。視線を博多の方へ巡らすと、砂浜でダッシュを繰り返す人影が遠く見える。福岡女子高の陸上部か何かの朝練だな、と気がついた時、学校の鐘が鳴り響く。どうやら街でも「今日」が始まったらしい。

気温も上がり、今日の調査も終了間近となる。サーベイヤーの上げ下げを繰り返して来た手に鈍い痛みが走る。南岸に沿って東へ航行すると、室見川の河口に近付く。巨大なクレーン船が河口付近に土砂を運んでいる。一度浚渫した海底が貧酸素水塊発生の原因だと判明して、窪地を埋め戻しているのだと聞く。自然のつながりの中で、人間は右往左往し続けねばならない。その過程の一つの駒として、今朝の僕の生がある。

顔に波しぶきを受け、志賀島まで急ぐ。小さな船は港内に滑り入り、漁の帰りと間違えたウミネコたちがおこぼれをもらおうと近寄ってくる。気いつけて帰りんしゃい、また来月な、と船を洗いながら船長が手を振る。機材を車に詰め込んだ僕らは帽子をとって礼を返す。こうして今日も博多湾の朝が終る。帰ったら午後は娘を海につれて行こう、そう思いながら帰路に着いた時、僕はまだ、半年後に博多を離れることになるとは知る由もなかったのだ。

■著者略歴

黒瀬珂瀾（くろせ・からん）

1977年、大阪府生まれ。春日井建に師事。

歌集に『黒耀宮』（ながらみ書房出版賞）、『空庭』、『蓮喰ひ人の日記』（前川佐美雄賞）。

未来短歌会選者、読売歌壇選者。富山市の願念寺住職。


「現代歌人シリーズ」ホームページ　http://www.shintanka.com/gendai

現代歌人シリーズ31

ひかりの針がうたふ

二〇二一年二月一日　第一刷発行

著　者　黒瀬珂瀾
発行者　田島安江
発行所　株式会社　書肆侃侃房（しょしかんかんぼう）
〒八一〇・〇〇四一
福岡市中央区大名二・八・十八・五〇一
TEL：〇九二・七三五・二八〇二
FAX：〇九二・七三五・二七九二
http://www.kankanbou.com　info@kankanbou.com

DTP　黒木留実（書肆侃侃房）
印刷・製本　アロー印刷株式会社

©Karan Kurose 2021 Printed in Japan

ISBN978-4-86385-440-6　C0092

落丁・乱丁本は送料小社負担にてお取り替え致します。

本書の一部または全部の複写（コピー）・複製・転訳載および磁気などの記録媒体への入力などは、著作権法上での例外を除き、禁じます。

現代歌人シリーズ

四六判変形／並製

1. 海、悲歌、夏の雫など　千葉 聡　144ページ／本体 1,900円+税
2. 耳ふたひら　松村由利子　160ページ／本体 2,000円+税
3. 念力ろまん　笹 公人　176ページ／本体 2,100円+税
4. モーヴ色のあめふる　佐藤弓生　160ページ／本体 2,000円+税
5. ビットとデシベル　フラワーしげる　176ページ／本体 2,100円+税
6. 暮れてゆくバッハ　岡井 隆　176ページ(カラー16ページ)／本体 2,200円+税
7. 光のひび　駒田晶子　144ページ／本体 1,900円+税
8. 昼の夢の終わり　江戸 雪　160ページ／本体 2,000円+税
9. 忘却のための試論 Un essai pour l'oubli　吉田隼人　144ページ／本体 1,900円+税
10. かわいい海とかわいくない海 end.　瀬戸夏子　144ページ／本体 1,900円+税
11. 雨《ふ》る　渡辺松男　176ページ／本体 2,100円+税
12. きみを嫌いな奴はクズだよ　木下龍也　144ページ／本体 1,900円+税
13. 山椒魚が飛んだ日　光森裕樹　144ページ／本体 1,900円+税
14. 世界の終わり／始まり　倉阪鬼一郎　144ページ／本体 1,900円+税
15. 恋人不死身説　谷川電話　144ページ／本体 1,900円+税
16. 白猫倶楽部　紀野 恵　144ページ／本体 2,000円+税
17. 眠れる海　野口あや子　168ページ／本体 2,200円+税
18. 去年マリエンバートで　林 和清　144ページ／本体 1,900円+税
19. ナイトフライト　伊波真人　144ページ／本体 1,900円+税
20. はーはー姫が彼女の王子たちに出逢うまで　雪舟えま　160ページ／本体 2,000円+税
21. Confusion　加藤治郎　144ページ／本体 1,800円+税
22. カミーユ　大森静佳　144ページ／本体 2,000円+税
23. としごのおやこ　今橋 愛　176ページ／本体 2,100円+税
24. 遠くの敵や硝子を　服部真里子　176ページ／本体 2,100円+税
25. 世界樹の素描　吉岡太朗　144ページ／本体 1,900円+税
26. 石蓮花　吉川宏志　144ページ／本体 2,000円+税
27. たやすみなさい　岡野大嗣　144ページ／本体 2,000円+税
28. 禽眼圖　楠誓英　160ページ／本体 2,000円+税
29. リリカル・アンドロイド　荻原裕幸　144ページ／本体 2,000円+税
30. 自由　大口玲子　168ページ／本体 2,400円+税

以下続刊